AF331849

ESSAI

SUR LA

CRITIQUE;

IMITÉ DE L'ANGLOIS

DE Mr. POPE.

A LONDRES,
Par J. DELAGE, Et se Vend par P. DUNOIER
Libraire, à l'Enseigne d'Erasme, dans le Strand. 1717.

ESSAI
SUR LA
CRITIQUE;
IMITE' DE L'ANGLOIS
DE Mᴿ. POPE.

OUI, Damis, il eſt vrai, pour dix méchans Auteurs
On trouve des milliers d'impertinents Cenſeurs.
   Je plains un ignorant qui ſe mêle d'écrire :
Il s'expoſe en tremblant aux traits de la Satire :
Au lieu qu'un faux Critique attaque inſolemment,
Et ſouvent du Public corrompt le jugement.
   Cependant nous voions ces Cenſeurs témeraires
Etaler à l'envi des ſentimens contraires.
Un Cenſeur dans un autre a toûjours un Rival,
Et leurs montres jamais ne vont d'un pas égal.
Aucune ne s'accorde à nous bien marquer l'heure.
Mais qu'importe ? Chacun croit avoir la meilleure.
   Defions nous, Damis, d'un Auteur fait par Art.
Craignons plus de rimer par force qu'au haſard.

(4)

Il eſt divers Talens que l'Etude façonne;
Mais ſi l'Art les polit, la Nature les donne.
Si ſon ſein liberal n'offroit le Diamant,
L'Art de le bien tailler s'aprendroit vainement.

Si l'excellent Auteur doit tout à la Nature,
Le vrai Cenſeur n'a pas une ſource moins pure;
Ils partagent entr'eux la gloire & le danger.
L'un eſt né pour écrire & l'autre pour juger.
Quand un Auteur ſoûtient cette noble origine
Sur tout autre Cenſeur j'aprouve qu'il domine.
Contre un ouvrage exquis qui voudra tout oſer
Semble en avoir le droit s'il peut en compoſer.

Tel reçoit en naiſſant ces beaux dons en partage
Qui bien tôt dans ſon ame en efface l'image.
Dans ſa Proſe inſipide & ſes Vers languiſſans
Un ſcavoir pedanteſque étouffe le bon ſens.
Chargé d'un tel fardeau toûjours il donne à gauche,
Un mauvais coloris gâte une bonne ébauche.

Cleonte de l'Etude emprunte un faux éclat.
Nature en fit un ſot; l'Etude en fait un fat.
Criſpe adopte des Vers qu'on ſait qu'il n'a pû faire,
Bien tôt d'Imitateur il devient Plagiaire;
C'eſt pour le mieux piller qu'il critique un Auteur.
Ainſi qui fait le vol ſouvent crie au voleur.

Si rien n'eſt plus honteux qu'une vile ignorance, *
Rien n'eſt plus dangereux qu'une demi-Science.
Des eaux de l'Hippocrene il faut boire à long traits,
Ici qui boit toûjours ne s'enyvre jamais.

---

* Quintil. Lib. 1. Chap. 1. *Nihil eſt pejus iis, qui paululum aliquid ultra primas litteras progreſſi falſam ſibi Scientia perſuaſionem induerunt,* &c.

Mais

Mais qui boit peu s'enyvre. Entêté de foi même
Il croit pouvoir prétendre à la gloire fupreme,
Et lors qu'à chaque pas nous le voions broncher,
Sur les traces d'Homere il compte de marcher.
On diroit, cher Damis, que lors que la nature
Verfe dans quelques cœurs une lumiére pure,
Aprés un tel effort venant à s'épuifer,
Elle reprend haleine, & veut fe repofer.
Il lui faut du relache, & dans cet intervalle
Avare de merite, & d'orgüeil liberalle,
Sa crüelle bonté le verfe à pleines mains
Dans les cœurs abufez du refte des humains.
Souvent de cet orgüeil la Mufe prévenuë
Croit découvrir le but du premier coup de vûë.
Mais c'eft quand on s'admire, & qu'on croit tout favoir,
Que de fon ignorance on doit s'apercevoir.
Plus on court, plus on voit augmenter la diftance.
Quand on croit reculer c'eft alors qu'on avance.
C'eft ainfi qu'avec joie un jeune voiageur
Des Alpes voit de loin l'étonnante hauteur;
Des Montagnes fans crainte il monte la premiere.
Alors fon pas eft ferme, & fa démarche eft fiere.
Mais quand de nouveaux Monts il trouve un million,
Qu'il croit voir entaffez, Offa fur Pelion,
Le jeune témeraire auffi tôt perd courage;
Il acheve en tremblant le refte du voiage;
Il maudit mille fois ce paffage fatal;
Et fait en murmurant l'éloge d'Annibal.
　L'heureux tems du Poëte eft fa fleur de jeuneffe.
Alors il s'aplaudit. La Mufe eft fa Maitreffe.
Un feul de fes regards enchante un jeune Auteur.
Il s'imagine avoir fa derniere faveur.
Mais quand nous vieilliffons & que nos vers meuriffent
La Mufe eft nôtre femme & d'autres en jouïffent.

B　　　　　　　　　　　　Pour

Pour un Public ingrat, ignorant, & moqueur,
Nous perdons le repos, & quelque fois l'honneur.
Si nous écrivons mal, le critique fait rage.
Si nous écrivons bien, on attend davantage.
Pour comble d'amertume aux Auteurs delicats,
Plaifant à tout le monde ils ne fe plaifent pas.
On devient infenfible à la douceur de plaire
Par le fecret remords qu'on auroit pû mieux faire.
    Mais a t'on du Public captivé la faveur,
Combien dure la gloire & le nom d'un Auteur ?
Un changement de goût, de mœurs, ou de langage
Ne laiffe à fes écrits que l'oubli pour partage.
Pour charmer nos Lecteurs nous travaillons en vain ;
Ce qui plaît aujourd'hui peut déplaire demain.
Sort crüel des Autheurs, trifte fruit de leurs veilles,
Tels que font les Rotrous, tels feront les Corneilles.
Il n'eft de nos Auteurs que ceux de l'âge d'or,
Qu'Homere & fes pareils dont le nom vive encor,
De ceux de nôtre tems toute la renommée
En moins d'un demi fiecle eft fouvent renfermée.
Va donc des Anciens admirer les beautez ;
Accoûtume tes yeux à leurs vives clartez ;
De leurs adorateurs va t'en groffir la foule.
C'eft un fleuve qui croît à mefure qu'il coule.
Leur gloire doit durer autant que l'Univers.
Leurs Autels font ornez de lauriers toûjours verds.
Leurs écrits font facrez. Leur nom feul les protege
Contre les vains efforts d'une main facrilege.
Leur Mufe de tout tems eut des admirateurs,
Un fi jufte devoir réünit tous les cœurs.
Par tout on les celebre ; & pour leur rendre hommage,
Le Pô fe joint au Rhin, & la Tamife au Tage.
    Dans les Regles de l'Art fi tu veux t'exercer,
Ce n'eft qu'aux Anciens que tu dois t'adreffer.

Ne

Ne croi pas arriver au sommet du Parnasse
Si tu n'es diligent à les suivre à la trace.
De nos regles chez eux va chercher l'Inventeur.
Marche sans t'apuier , & li sans Traducteur.
On se rend immortel en les faisant revivre.
C'est être Original que de pouvoir les suivre.
Veux tu donc d'Helicon connoître les chemins,
Qu'Homere soit toûjours & par tout en tes mains.
Pren pour Maître un Auteur que tout l'Univers loüe,
Et pour Commentateur la Muse de Mantoüe.
Mais d'un leger essai n'espere point de fruit.
Le jour il faut le lire, y mediter la nuit.
Que ta Muse le trouve à la fin de sa course,
Et fai là, s'il se peut, remonter à sa source
  Quand Maron jeune encor voulant chanter des Rois,
D'une Muse novice ébaucha leurs exploits,
Pour l'instruire Apollon prenant un ton severe
Le ramena bien-tôt aux preceptes d'Homere,
Lui dit de renoncer à chanter des Combats
S'il ne vouloit par tout le suivre pas à pas.
Virgile s'y soûmit, & n'éût plus d'autre guide.
A ce conseil d'un Dieu nous devons l'Eneïde. †
  La Critique au travers de mille obscuritez
Ne s'occupa jadis qu'à chercher des beautez ;
Dédaignant de s'armer des traits de la Satire,
Versant dans tous les cœurs la soif de bien écrire,
Elle anoblit les vers , les mît dans tout leur jour,
Et des Muses enfin fut la Dame d'Atour.
  Horace nous instruit comme un ami commode,
Sans trop s'assujetir à l'Art, à la Methode ;

✿✿✿

† Virgil. Egl. VI. *Cùm Cancrem Reges & pralia Cinthius aurem.*
    Vellit.

(8)

Son tour libre & naïf enchante ſes lecteurs,
Et leur fait mépriſer ſes fades traducteurs ;
Il donne de ſang froid des leçons de critique,
Mais il eſt tout de feu s'il les met en pratique ;
Au lieu que tel qui blâme avec le plus d'ardeur
Dans ce Siécle malin n'écrit qu'avec froideur.
   Ces Preceptes ſi beaux, ſi dignes de loüange
Dans un ordre charmant Quintilien les range,
Il nous fait admirer que tant de netteté
Porte dans nos eſprits tant de diverſité.
   Petrone s'expliquant avec delicateſſe,
Au plus profond ſavoir unit la politeſſe ;
On doute quel talent brille d'un plus beau jour
Ou celui du Poëte, ou de l'homme de Cour.
Longin porte ſon Art juſqu'au dégré ſupréme,
Enſeignant le Sublime il ſait l'être lui même.
Il preſcrit, il pratique, & tels furent ſes dons
Que ſon exemple inſtruit autant que ſes leçons.
   C'eſt ainſi que long-tems ces illuſtres critiques
Scûrent donner des Loix ſans être tiranniques,
Ils ſembloient chaque jour augmenter leur ſcavoir
A meſure que Rome augmentoit ſon pouvoir,
Et bien tôt de leur Art on vit fleurir les regles
Par tout où les Romains firent voler leurs Aigles.
Rome jamais d'Auteurs eut elle un plus grand choix
Que lors que l'Univers admira ſes exploits ?
Jamais en beaux eſprits fut-elle plus feconde
Que lors qu'elle ſe vit la Maitreſſe du Monde ?
Les Sciences & Rome eurent le même ſort,
Et ſa ruïne enfin fut le coup de leur mort.
Bien-tôt il ne reſta ni vertu ni genie,
Quand on eut vû les Goths inonder l'Italie.
Mais pour comble d'horreurs un deluge nouveau
Abîma les beaux Arts, & creuſa leur tombeau.

Le

Le Moine encheriſſant encor ſur le Barbare,
Rendit chez les Chrêtiens la ſcience plus rare.
Tout croire fut alors un talent précieux.
On ne pouvoit rien voir qu'en ſe crévant les yeux.
Sans lumiere on marchoit dans une route aiſée,
Et par tout l'ignorance étoit canoniſée.
   Tel étoit le cahos lors qu'Eraſme parut.
Eraſme du Clergé l'honneur & le rebut.
Bien tôt foulant aux piez le Froc & le Roſaire
Du Vandale moderne il fut le Beliſaire.
Enfin ſous Leon dix chacun reprit vigueur,
Là d'un côté parut le Peintre & le Sculpteur;
De l'autre on vit briller l'Auteur & le Critique.
Un doux accord unit les Vers & la Muſique.
Ce Siécle heureux qui pût admirer Raphaël,
Vit naître de Vida le Poëme immortel. †
Vida ſourd à la voix d'une Muſe effraiée
Reprit des Anciens la route peu fraiée.
Vida fut de Virgile illuſtre imitateur
Et Mantoüe en Cremone eut une indigne ſœur.
   Cependant, cher Damis, nôtre amour pour la Grece
Ne doit pas de chez nous bannir la Politeſſe,
Lycas pouroit aux Grecs prodiguer ſon ençens,
Et marquer quelque eſtime aux Auteurs de ſon tems.
Certains Sçavans voudroient dans leur humeur auſtere
Confiner le Soleil à leur ſeul Hemiſphere.
Qu'importe que l'eſprit ſoit ou vieux ou nouveau.
Mon étude ſe borne à ſavoir s'il eſt beau.
Voudrois-je, imitant ceux qu'un crüel zele infecte,
Damner chaque Chrêtien qui n'eſt pas de ma ſect ?

---

† *Jerôme Vida de Cremone, excellent Poëte Latin, du tems de Leon X.
a écrit un Art Poëtique en vers.*

C   A ryn

Amyntas a pour l'Ode un talent merveilleux ;
Mais il lit peu les Grecs, ne parle pas comme eux ;
Pour n'avoir pas puisé, dans des sources si pures,
Dorinde l'en réprend par un torrent d'injures ;
Par tout pour son lecteur elle perd le respect,
Et chez elle on est fou pour ignorer le Grec.

Que ne puis-je, Damis, avoir le privilege
D'ôter aux vrais Sçavans la crasse du College ?
Mais que ne puis-je aussi corriger ce mépris
Que le nom *d'Etranger* inspire aux Beaux Esprits ?
Loin de juger d'autrui par d'aveugles caprices,
Connoissons de chacun les vertus & les vices.

Le François pense peu, s'exprime poliment.
On voit sa pauvreté sous un vain ornement.
Esclave de la mode, & de la bienseance,
Trop de feu l'éblouit, un trait hardi l'offence ;
On le trouve insensible aux réelles beautez,
Et tout son goût se borne à des formalitez.
Tel un Peintre impuissant à peindre la Nature
Couvre tous ses tableaux de clinquant, de dorure.
Bien penser est chez nous le plus rare des dons,
Et pour un seul Corneille il est mille Pradons.

Dans un goût different la brillante Italie
Fait de ses *Concetti* la beauté du genie :
Mais dans cette carriere on en a vû plus d'un
En cherchant de l'esprit perdre le sens commun.

L'Anglois pense, il est vrai, mais on voit ses pensées,
Souvent l'une sur l'autre & sans ordre entassées.
Il est trop ennemi de la forme & du tour
Pour se donner le tems de les mettre en leur jour.
Les plus justes égards n'ont rien qui l'interesse ;
Il hait les compliments, rit de la politesse ;
Jamais ses agrémens ne purent le charmer,
Et sa langue n'a point de mot pour l'exprimer.

Le

Le dirai-je en deux mots fans être Satirique ?
Le Batave eft groffier. L'Efpagnol hydropique.
Le François un fquelette orné de beaux habits.
L'Italien brillant n'offre que des rubis.
L'Alleman fut toûjours un compilateur fade.
Et de trop d'embonpoint l'Anglois feul eft malade.
L'excez d'efprit le rend à foi même inegal.
Ainfi le trop de fang eft fouvent un grand mal.
    Mais quoi ? N'eft-il donc point de beauté generique
Qui merite en tous lieux une eftime publique,
Comme dans les Tableaux nous voions des habits
Qui pour n'être d'aucun, font de tous les Païs ?
Je fçai qu'il eft des fruits dont tel climat fe vante
Qui perdent tout leur goût d'abord qu'on les tranfplante.
Et que chaque Païs a certains traits marquez
Qui ne peuvent ailleurs jamais être apliquez.
D'un fpectacle crüel l'Anglois eft idolatre.
La torture chez lui fe donne en plein theatre. †
Oedipe y racontant fes innocens pechez
Montre un bandeau fanglant * fur fes yeux arrachez.
De toutes ces horreurs nôtre France plus fage
Par de fimples recits nous prefente l'image.
Elle a d'autres écüeils qu'il eft bon d'éviter.
Mais n'avons nous donc rien qu'on puiffe tranfplanter ;
Nous voions, cher Damis, qu'il n'eft point de traverfe
Qui puiffe faire obftacle à l'ardeur du commerce,

---

† *Otway in Venice preferved, or a Plot difcovered.*

* *Dryden in Oedipus.*

Et

Et que fans nous piquer, fans faire les railleurs,
Ce qui manque chez nous, nous le cherchons ailleurs.
S'agit-il de fournir au luxe, à la dépence,
Ce que l'Inde produit on le tranfporte en France,
Et pour en dépoüiller les Climats étrangers
Des Vents & de la Mer on brave les dangers;
Ce n'eft que fur l'efprit qu'on demeure tranquile.
Chacun content du fien le trouve affez fertile.
Dans les autres Païs il croit qu'on en a moins;
Et juge leur commerce indigne de fes foins.
   Dans un fi vafte champ choifi bien la partie
Où tu fens qu'à plein vol fe porte ton genie.
Tel eût pû fans orgüeil s'arroger l'agrément
D'un conte en petits vers narré naïvement,
Qui par les vers rampans d'un fade Dramatique
Excite des fifflets l'accablante mufique.
Dans la Satyre Atys n'ût jamais de Rivaux.
Mais veut-il pour loüer enfler fes chalumaux,
D'abord il fe confond, fe trouble, s'embarraffe;
Sa trompette enroüée allarme le Parnaffe;
Et fa Mufe croit voir en prenant cet effor
Un Strasbourg dans Arnheim, & dans Wurtz un Hector.
Séduit par les appas d'une vaine entreprife
Un Poëte fouvent perd une gloire acquife.
C'eft ainfi qu'un guerrier voulant trop conquerir
Perd ce qu'en fe bornant il eût pû retenir.
   Veux tu d'un bon fuccez voir ta Mufe flattée,
Mefure ton genie, & connoi fa portée.
Comment prendre le large, & voguer en pleine en eau,
Si tu n'as qu'un efquif, ou qu'un foible vaiffeau?
Va la fonde à la main. Aprochant du rivage
On doit plus que jamais craindre un trifte naufrage;
Tel fier de fes fuccez fe relâche ou s'endort;
Sa Mufe fe neglige, & vient fe perdre au Port;
Trem-

Tremblons pour un Auteur trop plein de son merite.
L'Auteur de Rodogune échoüe à Pertharite.
   Mais parmi nos talens, il en faut convenir,
Le plus rare de tous c'est l'art de les unir.
Fut-il jamais métier plus ingrat que le nôtre ?
On y perd d'un côté ce qu'on gagne de l'autre.
Souvent je m'apercoi, mais jamais sans dépit,
Que le jugement perd ce que gagne l'esprit.
Du desir de citer la dangereuse amorce
Nous émousse l'esprit, en énerve la force ;
Et quand le trop de feu m'entraîne & m'éblouït,
La memoire s'efface, ou bien s'évanouït.
Ainsi toûjours un poids emporte la ballance.
Tout n'est chez les humains qu'injuste préference.
Ils jugent sans lumiere ou sans égalité.
L'homme fait toute chose en penchant d'un côté.
Quelquefois nôtre esprit fier de son opulence
Craint de s'abaisser trop en reglant sa dépence.
Mais parmi tant de biens où nous semblons nager.
Un seul nous manque encor, l'art de les menager.
Qu'il est beau qu'un Auteur plus prudent que timide
Sçache de son esprit fixer le vol rapide,
S'arrêter dans sa course, & prompt à se borner
Se dérober au feu qui voudroit l'entrainer.
Ce beau feu s'avilit si tôt qu'il s'évapore.
La flame qu'on renferme est plus brillante encore ;
C'est alors que Pegase en cheval genereux
Sentant qu'on le retient se montre plus fougueux.
   Pour ne point t'égarer sui de prés la nature. *
C'est un guide infaillible. Elle est simple, elle est pure.

---

* Quintil. Lib. VIII. Chap. 3. *Naturam intueamur, hanc sequamur,* &c.

D

D'un ton doux & tranquile elle donne la Loi.
C'eſt un or toûjours pur, toûjours du même aloi.
La nature eſt le but & le prix de la courſe.
Elle eſt la fin de l'Art, comme elle en eſt la ſource.
Ce n'eſt qu'en l'imitant que l'Art nous paroît beau.
Mais ſur ſoi même il faut qu'il tire le rideau.
L'Art dans ce grand Tableau ne doit être que l'ombre.
J'aime à le découvrir dans l'endroit le plus ſombre.
Il faut dans ſes travaux qu'il ſçache ſe cacher,
Et qu'on ait beſoin d'Art même pour le chercher.
Enfin lors qu'il corrige, ordonne, agit, preſide,
On doit croire qu'il ſuit, & que c'eſt lui qu'on guide.
C'eſt ainſi que nôtre ame animant nôtre corps
En fait ſeule mouvoir les differents reſſorts.
Dans la moindre action ſa preſence eſt ſenſible.
Elle paroît par tout, & demeure inviſible.

    Quelquefois, j'en conviens, par choix, ou par haſard
On s'éleve au deſſus des préceptes de l'Art.
L'Art nous doit gouverner. Mais ſon but eſt de plaire.
Et lors qu'on plaiſt ſans lui le Cenſeur doit ſe taire.
Si la licence plaiſt, il m'eſt aiſé d'opter. †
La licence eſt ma regle, & je dois l'adopter.
Vous le ſavez, Damis, il eſt dans la Muſique
Certains tons détournez qu'aucune Clef n'explique.
Un Novice les blâme, & d'abord les croit faux.
Mais ce n'eſt qu'aux Lullis d'avoir de tels defauts.
Tout mérite équivoque ici doit diſparoître.
Pour s'écarter de l'Art il faut un coup de Maître.

    A ſuivre ſes écarts tu dois peu t'empreſſér.
Ceux qui firent les Loix en peuvent diſpenſer.

---

† Quintil. Lib. XI. Chap. 13. *Neque tam ſancta ſunt iſta præcepta, Sed hoc quicquid eſt, utilitas excogitavit, &c.*

Mais

Mais malgré leur exemple une Muſe novice
Doit marcher en tremblant aux bords du précipice,
Et toûjours en ſuſpens craindre de s'aprocher
Des lieux, qu'aux Maîtres même on oſe reprocher.
    Il n'eſt point de Mortel qu'un penchant ne domine.
Ne s'y conformant pas d'abord on nous chagrine;
Et rarement de nous un Auteur eſt cheri
S'il ne rencontre pas certain goût favori.
Car chaque homme a ſon foible, & ſouvent dans la vie
A ce foible il n'eſt rien que l'on ne ſacrifie.
    Dom Quichote un matin rencontrant un Auteur,
Lui parla du Theatre en éclairé Cenſeur.
Le Poëte entêté d'une piece nouvelle
La lit. Le Chevallier loin de la trouver belle
Sans jamais s'emporter, ni raiſonner à faux,
Y fait à l'Auteur même avoüer ſes défauts.
Sur les regles de l'Art il s'explique à merveille,
Auſſi bien qu'eût pû faire ou Racine ou Corneille.
De ſcene en ſcene on vient au recit d'un combat.
Dom Quichote auſſi tôt s'emporte avec éclat.
Reciter un combat! ô ciel! quelle manie!
Repreſentez le nous, lui dit-il en furie.
D'une piece toûjours c'eſt là le bel endroit.
Vous ſavez, dit l'Auteur, *qu'un Theatre eſt étroit,*
Et ſans doute ſouvent vous avez vû le nôtre.
Qu'importe, répond-il, *qu'on en bâtiſſe un autre,*
Qui puiſſe contenir Chevaliers, Palefrois,
Et fournir un champ vaſte à nos guerriers exploits.
A ces mots le Poëte en éclatant de rire,
Rend graces de l'avis, & ſoudain ſe retire;
Aiant connu d'abord dans cet endroit fatal
Que c'étoit dom Quichote en propre original.
    Au goût des Souverains chacun prompt à ſouſcrire
Regle ſur leur penchant ſa maniere d'écrire.

Souvent

Souvent leur feul exemple entraîne tout l'Etat.
Sous un Prince guerrier chacun devient foldat.
Sous un Prince devot fa Cour ne pouvant l'être
A fes yeux pour le moins tâche de le paroître.
Chacun devient gallant fous un Prince amoureux
Chacun devient flateur fous un Prince orgueilleux.
Enfin fous un Monarque avide de loüange
En fade adulateur Boileau même fe change.
L'ouvrage le plus docte & le plus eftimé
Sans une Epître au Roi ne peut être imprimé.
On le célébre en Vers, on le loüe en Mufique.
Chaque Prédicateur fait fon Panegyrique.
   On fe voit inondé d'infipides écrits
Quand les jeunes Seigneurs deviennent beaux efprits.
C'eft alors qu'il n'eft plus de borne à la licence.
On fçait d'un jeune Autheur jufqu'où va l'arrogance.
Mais qui peut concevoir fa folle vanité
Quand avec la jeuneffe il joint la qualité?
   Alcantor lit par tout ce qu'ont produit fes veilles.
Mais fa bouche ne fait plaifir qu'à fes oreilles.
Charmé de fes bons mots lui même il s'aplaudit,
Et dans les beaux endroits il eft le feul qui rit.
Lit-on des Vers nouveaux. *L'Auteur a mon fuffrage,*
Dit-il, depuis deux jours il m'a lû fon ouvrage.
C'eft Dorancourt. On fait qu'il écrit galamment.
Ses vandanges fur tout font un enchantement.
Il y donne des mœurs une fi vive image
Que Colas s'y trouvant crût être à fon village.
J'aime un ftile enjoüé; mes écrits en font foi,
Et de tout tems la Farce eut des charmes pour moi.
Mais je ne puis fouffrir l'Auteur de Rhadamifte.
Sa Mufe au fpeEtateur n'offre rien que de trifte.
Par tout en furieux il nous peint fes Heros;
Et s'il verfe du fang c'eft toûjours à grands flots.

C'eft

C'eſt ainſi que décide un Auteur petit Maître.
Trop heureux s'il pouvoit lui même ſe connoître ?
On dit que Dorilas aprouve ſes écrits ;
Mais chez les gens ſenſez on ſait quel eſt leur prix ;
Le connoiſſeur ſe tait quand l'ignorant admire,
Et devient ſerieux ſi tôt qu'il l'entend rire.

Aujourd'hui tout abonde en froids Commentateurs,
Copiſtes ennuieux, & fades Traducteurs.
Tel du ſens d'un Auteur perdant toute la force,
N'épluche que la Phraſe, & s'attache à l'écorce.
D'un vain amas de mots il fait beaucoup de bruit,.
Mais ou la feuille abonde on trouve peu fruit.

Comme il eſt des habits de campagne & de ville,
En changeant de matiere on doit changer de ſtile.
Exprimer un ſens bas dans des termes pompeux
De la pourpre d'un Roi c'eſt revêtir un gueux.
Cacher un noble ſens ſous le plus vil langage
C'eſt porter à la Cour les haillons du village.
Un Ruiſſeau dans nos vers doit couler lentement,
Et paroître à regret quitter un lieu charmant.
De la Mer en fureur c'eſt un tableau fidelle
Lors que comme un torrent le vers roule avec elle.
Les fleuves s'y font voir par les vents agitez,
Et portent à la Mer des flots précipitez.
Quand Ajax lance un roc qu'avec peine il ſouleve
Le vers peſant & rude avec effort s'acheve.
Mais le Poëte peint des plus douces couleurs
Le ſouffle des Zephirs ſur l'émail de nos fleurs.

Oronte ne croit pas parler avec emphaſe
Si quelque mot nouveau n'obſcurcit chaque phraſe.
Arcas par ſon vieux ſtyle aſpire à nôtre encens,
Ancien par les mots, moderne par le ſens.
On peut avec raiſon blâmer ces deux methodes
Car il en eſt, Damis, des mots comme des modes.

E

Fort

Fort fouvent leur Auteur rifque à les inventer,
Mais ont-elles la vogue, on rifque à les quitter.
   Pour juger d'un Auteur juge de tout l'ouvrage. *
Souvent lors qu'un Cenfeur en détache un paffage,
Ce qu'il voit de trop prés, qu'il examine à part
D'abord lui femble abfurde, & paroît choquer l'Art.
Mais voiez le en fon jour & laiffez le en fa place,
Vous en reconnoîtrez & la forme & la grace.
Voi tu de Raphaël ce chef d'œuvre vanté,
Un nez, un œil, un bras n'en font pas la beauté,
C'eft l'affemblage heureux de toutes les parties
Par une main de Maître avec Art afforties.
De prés une figure eft énorme à nos yeux
Qui fait dans une voûte un effet merveilleux.
C'eft ainfi qu'un guerrier trompe fes foldats même;
Souvent pour une fuitte on prend un ftratagéme.
Ce qui paroît obfcur d'abord nous le blâmons:
On croit qu'Homere dort & c'eft nous qui dormons.
   Pour n'être quand tu lis indulgent ni fevére
Connoi de chaque Auteur l'efprit, le caractere,
Et ne te flatte pas d'en pénetrer le fens.
Ignorant fa Patrie, & les mœurs de fon tems.
Compren bien le fujet, le but de fon ouvrage.
Voi par tout fon genie il brille à chaque page.
De fes expreffions & la force, & le tour,
Son zele pour fes Dieux, fon penchant pour l'amour,
L'hiftoire de fa vie, & fa conduite entiére,
Tout peut fur fes écrits verfer quelque lumiére.
   Je le fçai bien, l'envie eft un monftre odieux
Qui tâche d'obfcurcir tout ce qui brille aux yeux,

* Quintil. *Diligenter legendum eft*, &c. *nec per partes fcrutanda funt omnia, fed perlectus liber utique ex integro refumendus.*

Et

Et comme l'ombre au corps attachée au merite
Elle le fuit par tout, & jamais ne le quitte.
Homere ne pouroit révenir ici bas
Sans que Zoïle auſſi n'y révint ſur ſes pas.
Mais en vain l'envieux montre toute ſa rage,
Ceux qu'il veut éclipſer en brillent davantage.
Le merite attaqué fait un effet pareil
A ce que dans l'Eclypſe on voit faire au Soleil.
Cet Aſtre terniſſant l'objet qui la lui cauſe
Fait voir l'opacité du corps qui s'interpoſe.
    Pour finir en deux mots je demande un Cenſeur
Qui joigne les vertus de l'eſprit & du cœur,
D'un goût univerſel, mais qui pourtant ſoit juſte,
Et digne de la Grece ou du ſiecle d'Auguſte;
Faiſant de m'éclairer ſon unique devoir,
Soûmis à l'équité, peu fier de ſon ſçavoir,
Aveugle à la faveur, inſenſible à l'injure,
Prodigue de Conſeils, avare de Cenſure;
Qui même en décidant ſemble encor heſiter,
Et ſeur d'avoir raiſon nous paroiſſe douter.
Civil quoi que Sçavant, poli quoi que ſincére,
Hardi ſans inſolence, & ſans aigreur ſévere,
Corrigeant ſans dépit les fautes d'un ami,
Et loüant ſans chagrin le merite ennemi.
Qui bien loin d'inſulter à mon peu de ſçience,
Dira que c'eſt oubli lors que c'eſt ignorance,
Et qui plus qu'à l'orgüeil ſenſible à l'amitié,
Souvent de ſes leçons n'offrant que la moitié;
Nous deſtine l'honneur de deviner le reſte.
Un tel Cenſeur, Damis, toûjours exact, modeſte,
Toûjours impartial, toûjours de bonne foi,
Puiſſai-je le trouver en vous, & vous en moi.

F I N.

www.ingramcontent.com/pod-product-compliance
Lightning Source LLC
LaVergne TN
LVHW021755030726
842523LV00003B/1035